JN138184

父の掌

目次

学・集の章　二〇一二年秋―二〇一五年夏

舞・楽の章　二〇一五年夏―二〇一六年夏

学・集の章

二〇一二年秋―二〇一五年夏

福井の秋

武生、仙庵にて

妖怪かはた仙人かといはれゐし父を恋ほしむ「仙庵」にきて

裂地(きれぢ)にもこだはりあらむお手製の古帛紗(こぶくさ)使ふ点前にあれば

朝四時の水を汲むとて若きらは庵に眠れぬ夜を過ごせしか

中立ちのときがいつしか文字講話話すも聴くも調子にのりて

カタクリの花一面に咲くといふ早春の庵訪ねてみたし

一期一会はいにしへ人の言の葉ぞまこと和みてお茶会果てぬ

恐竜館

きららかに秋の陽返す淡海の海幼ごころに映すもの何

恐竜の吠ゆる声の轟きて一歩はひれば太古の世界

当たり前に音声ガイドを操作して六歳の子が恐竜と遊ぶ

恐竜の生きゐし世界に身をおきて何を思ふやひたすらにして

いとほしと車体を撫でて離れ行くサンダーバードの旅のおはりて

集ひ

筑紫

講演の予定のあれば落ち着かず車内に幾度もレジメ確かむ

万葉を読むなら詩経も読めと言ふ父の心を知らざりし日々

伊丹

定員を越ゆる申し込みありしとぞ補助席三列椅子のみ並ぶ

漢字の話初めて聞く人多からむ期待の眼が押し寄せてくる

東京南青山

白川学多面的アプローチといふ企画にてわれは語りぬ万葉論を

手作りの鈴もて「樂」の字説く人の時折鳴らすその鈴の音や

我が身にはかかはりのなき洒落た店見つつ歩めり夜の青山

平凡社

予想より整然として編集部豊かなる知を世に出すところ

父・七回忌

亡き友を語りては泣き在りし日の父を偲びては泣く墓前に友ら

虎屋の羊羹墓前に供へて在りし日の父の研究室の抹茶の話

立冬の寺の石畳に落としゐるあはき影ふむ友と私の

賑やかに墓前に語るも供養とせむ友としばらく漢字の話

墓参り済ませて心切り替へむ勉強会の始まるまでに

研究所を支へ下さる人ら集ひ父への思ひこもごも語る

予備に置く花器にも花の満ち満ちて父七回忌の墓のめぐりは

よき声に経あげられて本堂に荘厳の気配満ちゐる忌の日

手燭の灯

「元日から仕事です」賀状のかはりか子よりのメール

木屋町より八坂の社に着くまでの歩みゆるゆる流れに任せ

宗旦に化けて茶会に出でしといふ狐一幅の軸に納まる

蠟燭のあまた立ちゐるケーキの絵ファックスに届く誕生日の朝

母恋ふる心を添へてこの年もイカナゴを煮る春の兆しの

夜咄の茶事

苔の間に配置されたる踏み石の少し濡れゐてゆつくり一歩

手燭の灯はかそけき空気の流れにも反応するらし炭つぐときも

ほのかなる灯り揺らめくひとところ香合の狸愛嬌づきたり

かそかなる光の中に注ぐ酒の揺らめき見ゆる盃の上

美味しいといはれてほつと息をつく濃茶一碗練り終へていま

櫻

幾筋も花筏浮かべる池の面をときをり鯉が跳ねて乱せる

池の彼方の櫻並木のすぐ上を今し飛び立つ白き飛行機

雪柳のま白き花が奔放に枝伸ばしをり櫻の下に

週末の花見の予定狂はせて見ごろの櫻を散らす春嵐

旧き世の庶民も楽しみゐしといふ平野(ひらの)の夜櫻灯籠並ぶ

いにしへ人の教養なりけむ琴棋書画楽しむ襖絵表情見えぬ

襖絵の瀟湘八景の大らかさ雨あり月あり雁ありて茫々

枯山水の庭に据ゑたる不動尊石とはいへど威厳に満ちて

零歳よりの保育園生活一冊のアルバムに込めて孫卒園す

「ぼくゆり組さん」大きな声に割り込む子兄の入学式の話題の中へ

受賞作とふ金色の札かかりゐて「春の兆し」や友の人形

工事の音響かふ昼を目を凝らしナイフの先を見つめて切り絵

兄逝く

忍び寄る生きの苦しみのがるがに人に知られず逝きにし兄か

母看取り父看取りまた兄送るあはあはと過ぎてわが十五年

昼も夜も身より離さぬ携帯電話今より兄のメールは来ない

為すことの数多あれども手につかぬこの虚しさの何に由来す

墓に入るを拒める兄の涙にか大粒の雨降る納骨の日

待合に準備されたる寺の部屋の軸の「恕」の字や心に刺さる

納骨の間ばかりを雨やみて兄の心の鎮まるらしき

夏の思ひ出

楕円形のボール抱へて走りゐるなんとかさまになりて幼は

数千匹の蝶々飛びゐる温室に子らは指立て蝶を誘ふ

観光客に英語で話す店員を尊敬のまなざしに見上ぐる孫は

ゆつくりと千手観音拝みゐる千本の手に託するものなに

番が来て長き柄杓に受けて飲む音羽の瀧の水の甘さや

絵日記は清水寺のクレーン車ノートをはみ出す感動らしく

池に映る金閣かそか揺れてをり陽光あまねき夏空のもと

金色に光る金閣見つめゐる子の茫然としてしばし動かず

あぶり餅焼き上がるまでの手の動きあはただしくて子は声も出ず

千本鳥居の華やぐ朱色に圧倒されしばし佇みてのち歩み出す

蓮池の小さき蓮の葉に乗りて子鴨の一羽動くともせず

覚えたての言葉なるべし「圧巻」と繰り返しいふ子よ塔を仰ぎて

四天王の足元にゐる天邪鬼（あまのじゃく）見つむる子の顔真似してゆがむ

「ろらえもん」と検索しても「ドラえもん」の出でくるタブレットのこの柔軟さ

鉄腕アトムとリボンの騎士に迎へられ手塚治虫の世界に入りゆく

辞令綴り

東京

胡飲酒（こんじゅ）といふ曲の序と破を笙に聴く胡面の舞踊幻に見て

「俗界より天界へ飛翔いたします」そんな気分に聴く笙の曲

軽やかに筆引きよせて演奏し音楽とつながる文字語るひと

名残惜しむ心に信号やり過ごす東京の夜はなかなか更けず

福井

予想より一段とからき辛み大根福井の蕎麦を食みて一息

「思ひ出トーク」の札の掛かれる会場に並べる椅子のたちまち満席

父の残す自筆原稿と対面す若き日の文字は端正なりき

若き日の研究の成果まとめたる油印本(ゆいんぼん)あり父の自筆の

資料として残さむ父の辞令綴り昭和十三年月給七十円

朝焼けのいまだ残れる山ぎはへひそと入りゆく有明の月

釜座

大西清右衛門美術館・茶会

香銘と香炉を次客に送りつつほのかなる香を楽しみてをり

五種類の香の焚かれて一巡し五つの香りが部屋に揺蕩ふ（たゆた）

館長の点前の間をいつしかに見入るお釜の源氏香の図

点心の椀にひとひら金箔の浮きて開館記念の茶会

山越えて寒波の白き風がくる転がるやうに斜面をすべり

花器の形に氷となりて墓花は色変らずにひと月を経る

新春の鐘

この年の幸願ひつつ撞く鐘の音のよきかな長く響(とよ)めり

神様を疑ふ気持ちなけれども今年三度目の御神籤をひく

三が日は仕事をせぬといふ父の三日目小さき本広げゐし

上映はあと二日とぞ海老蔵の利休に会ひに行く寒き日を

天の水柄杓に受けて釜に注ぐ所作たしかなり湯立ての神事

素戔嗚尊と大蛇の舞ふ場面無形文化財石見神楽や

暴れ馬おとなしき馬混り合ふ古代文字に作るカードは

甲骨文一点読み終へなんとなく安らぐ空気ながるる講座

四年間の漢字クラブの今日終へて思ひ出話にしばし和めり

小さきながら「ことばのうみ」の豊けさよ独りで編みしか大槻文彦

『言海』の小型本の小さき字や変体仮名の混じりて懐かし

美・にほひけり

染色家西山和恆とわが父と通ずるものありそれゆゑ親し

紫のにほへる乙女の幻想のふつふつとして「紫草」は

あはあはと白くかがよふ山櫻の色をうつせる貝紫染め

紺青がやがて緑へ移ろへる海原まろし焼津の浜は

舟遊びせしとふ池を眺めつつ山の茶室へ石の誘ふ

繊細なる線も大胆なる省略も見事写生が元にあるらし

長き長き巻物の絵の下書きに数多メモあり応挙の仕事

金箔の屛風に吠ゆる虎二頭飛び出さむとして墨の濃淡

御堂関白日記の文字の滑らかさ優雅に筆の伸び行くさまに

力強きひと筆の円が鶴の姿あらはしてをり若冲の絵は

夏模様

拝殿の前の茅の輪の足元の少し傷みて夏越の祓

夏らしき室礼（しつらひ）なされて中庭に流れ来る午後の風の清しさ

文化財となる京町屋の格子戸の内より外を見ればひろびろ

とりどりの草花描かれゐる屏風に心残して去る杉本家

信号機が畳まれやがて山鉾の列のくるらしどよめき聞こゆ

辻に来ればくるりと山を差し回すおまけの一回さらに一回

エンヤラヤーヨーイトセー音頭取りの扇にあはせて鉾引かれ行く

宝塚の舞台の大きさ描かむと画用紙二枚つなぎゐる子は

仁王様が怖いとうつむき門に入る子が足元の賽銭見つく

絵本にみる手押しポンプの実物の水の出るまでしばしの時間

上り来て「絶景かな」と叫ぶ子よ南禅寺三門夏の風吹く

渡月橋渡りつつ見る鵜飼舟今宵の出番待ちて数艘

ときどきは被写体となるを意識する人力車のわれらにカメラ向けられ

打ちあがる花火と聞こえくる音の数秒の間のかそか違和感

夕立といふことばは消えて「ゲリラ豪雨」「爆弾低気圧」などおどろおどろし

真澄の空

薄墨が天然色にかはる朝術後の世界ただに眩しき

眼帯のとれる朝を鴨の群れはるか翔けゆく点となるまで

京都歌人協会

身内ゆゑの親しみ持ちて語りゐる白川静の詩人の側面

どよめきのごとき反応聞こえくる父のエピソードいくつか語れば

一つ荷を下ろして車中の人となる窓に台風の雨降り始む

小学校の運動会を延期させ洪水起こして台風は去る

台風の過ぎて真澄の空もどる夕べ大きく十三夜の月

漢字教育の話は尽きずそれなりにまとまり漸く解放されたり

字数制限の中に書きたる父の文読めば凝縮されて名文

母の使ひし江岑棚(かうしんだな)を出してみる秋のひと日を友と遊ばな

心柱を大日如来に見立てたる塔の内なる曼荼羅の世界

「御仏は美男におはす」諾(うべな)ひて好みのタイプの梵天拝む

襖あけまた襖あけつながる広間金銀の日月遠近の景

金閣は午後の光に包まれて妖しく耀(かがよ)ふ人寄せぬまま

ひそやかに我が思ひこし倭建のイメージかへる大古事記展

若草山の草は冬枯れの色見せて穏(おだ)しき光返してゐたり

日も月も新たに命得るといふ朔月冬至や寒き一日

講座

小野の里の侘しき住まひに残さるる落葉の宮の気持ちに沿ひゆく

雲居雁(くもゐのかり)の気持ちわかると言ひあひて夕霧いつしか悪者になる

紫の上のひと生の哀しさよ源氏の愛の深きといへど

七福神や干支の話も織り交ぜて連続講座一回目終了

身近にある陰陽の世界話しつつお茶にひきよせ「お茶の陰陽」

夏土用の話がウナギに傾きて平賀源内お江戸の事情

「降る雪のいやしけよごと」万葉の最終の歌もて講座終らむ

一年間の禅語の講座終りたり机に積む本まづ片付けむ

マンサクの花

よきことのあれよと空を見上げをり粉雪の降る元日の午後

豊かなる表情見する雪だるま道のべに並ぶはや解け初めて

若きらの和服姿のよく似合ふ祇園界隈八坂の社

春を呼ぶマンサクの花小さき小さき蕾をあまたつけて茶の席

にこやかに笑ひかけくる香合のヒッジにそつとウィンクおくる

味もよし目にも美しき初釜の料理にしばし見ほれてをりぬ

茶碗にも思ひ出話あるらしく韓国旅行三島の茶碗

集ひきてみなそれぞれに元気づく少しの病ひおしやりながら

復興といへどかの日のまま残るわが廻りなる更地幾か所

震災に落ちし瓦か獅子の尾の欠けたるもあり旧き禅寺

震災を風化させてはならぬといふ掛け声あれど現実の贅

風花

風花が時々小雨に変はりゆく節分の日のこの寒さはや

「鬼やらふ」声響かせて方相氏盾に矛打ち鬼を払へる

狂言師の演ずる鬼の身のこなし軽やかに人を威嚇してゐる

入院の弟のこと気にしつつ今宵いい子になる二年生

弟の手術それなりに気にするか大丈夫かなあとひとりごつ子は

酸素マスク・点滴つけて戻る子の麻酔のきれて不機嫌なるらし

手術後の経過はよきかプレイルーム独り占めする子や写メールに

一枚の屏風に描かるる京の町　東西南北春夏秋冬

聚楽第や二条城のあるなしも洛中洛外図の描かれし時代

民衆を動かす力の何ならむ一遍上人の旅の有りやう

煤竹の自在

躙口(にじりぐち)より入れば二畳台目(だいめ)のお茶室のほのぼの春の明るさに満つ

煤竹の自在が小間(こま)に馴染みゐる良き色だして三月の茶室

利休居士が小さき茶室に籠るとき何思ひけむ無心といへど

大宰府の天満宮の梅の木が茶杓になりて今も生きつぐ

コンクリートの裂け目に生ふる壺菫小さく淡き紫の色

福井

比良山の残雪きらりと光りたり裾に櫻の花を咲かせて

駅前に置かるる恐竜三頭が時折首をもたげて吠ゆる

「遊」の字の深く刻まれ記念碑は父の生家跡を見つつ建ちをり

街路樹の花は辛夷(こぶし)かほつほつと白く光りて青空に映ゆ

立命館講座

吹きすさぶ学園紛争のただなかにありて父の心を占めたるか孔子は

板書にて講義をなさる親しさよチョークの音の快きかな

病室の窓

梅雨入りの予報出でたる翌日のこの快晴や六甲はみどり

みどり深き六甲の嶺も甲山(かぶとやま)も眼近に見えて病室の窓

手術室の赤きライトの灯を見つつ家族控所にひとり待ちをり

点滴の小さき一滴一滴が命をつなぐ術後の夫の

リハビリの段階順調に進むらし病院の外を今日は一周

港へ行く鴨もいつしか核家族二羽三羽に列なして飛ぶ

ベランダのゴーヤどんどん伸びてくる梅雨の季節を我がもの顔に

瀟洒なる石畳の道を石塀に沿ひて歩める美術館まで

モノトーンの墨絵の屛風に色が見え風の音さへ聞こゆるたまゆら

日本独自の進化を遂げたる携帯電話ガラケーと呼ばれて絶滅危惧種

「車内ではマナーモードにしなさいよ」声を出さずに視線をおくる

夜ごと鳴く水田の蛙いつよりか静かになりて半夏生(はんげしやう)過ぐ

六甲の山消え宝塚の灯の消えて台風近づく予感にゐたり

舞・楽の章

二〇一五年夏―二〇一六年夏

治まる都の

頼りなげに「治まる都の花盛り」ひと節謡ひて舞ふ長の孫

謡の声に合はせて蟬の鳴きしきる彼方に雷轟きてをり

しつかりとおへそ押さふる孫とゐて走る稲妻見あげてゐたり

兄ちやんを追ふ下の子をうざいと言ひ上の子逃げて喧嘩始まる

弟は常に副官マイペース時折大将の兄の邪魔する

花の道を先導しつつ走る子よ今日のレビューに心はやるか

「星逢一夜」の恋は清楚に演じられ宝塚らしき幕切れとなる

軽やかに二回音立て閉まる扉日本最古のエレベーターは

日本最古のエレベーターを運転したと子らの興奮暫く続く

虫の音

見あぐればうろこ雲やさしく拡がれり空には秋のはや来たるらし

虫の音の澄みて聞こゆる窓のべを照らして十三夜の月渡りゆく

当たり前の日常重ねて百寿迎ふ義母のますます健やかにあれ

絶え間なく離着陸する機体の灯伊丹花火の背景となる

彼方には紀伊の山並あることを常は忘れて台風一過

目に読みて耳に謡を確かめて世阿弥の言葉胸に落ちゆく

雑談のさまにすすみ行くもろもろの話がいつしか本題となる

連なりてまた連なりて鴨は飛ぶ風なき初秋の空を区切りて

冠毛をたてて数羽のハッカチョウ電線にゐて鋭く啼けり

杵をもつ兎ら小躍りしてゐるか今宵の満月スーパームーン

光悦垣のあたりははやも薄紅葉朝夕冷ゆるや北山の寺

朝焼けの空を眺めて歩む野辺の赤のまんまの色良く群るる

三日月に宵の明星寄り添ひて夕空をはや西へかたぶく

小泉苳三先生

父の本読みゐる我ら父のこと講ずるわれら父よ見守れ

三千年の昔より酒は飲まれしか神を酔はせて人を酔はせて

青銅器に見る酒器の姿を思ひつつ食にかかはる漢字の話

『ポトナム』もまた『くさふぢ』も色褪せてわが前にあり父の歌載る

思ひのほか残れる父の歌うつす八十年前二十五歳の

公職を追放されし苳三先生わが眼裏に残る温顔

全歌集読めば寂しき襞のある苳三先生のひと生（よ）を思ふ

苳三先生逝きて六十年書斎より見し比叡の姿思はゆ

白楊社は近くにありき出版社に憧れ抱く少女なりしか

大津短歌大会

肩のあたりに父のささやく声を聞く「おいおい変な話はするな」

レジメに沿ひ父の短歌の話する文字学も詩経も脇に置くまま

薄紅葉

薄紅葉する庭園の木々見下ろして講演始まるまでを寛ぐ

饕餮文（たうてつもん）の鋳込まれしころの人たちの心の奥の見ゆる青銅器

天井まで積み上げし本も今は無し父の書斎の寂寞として

本棚の前に置きゐし父の机いま福井にて余生を過ごす

笹垣の途切るるところ美しき穂垣となりて離宮の前庭

皮一枚残して大きな洞となるムクロジの根方や厳かにあり

いま一度離宮の紅葉眺めむと歩めば枯れ葉の走る砂利道

冬の空

世話焼きの兄がいそいそ弟のバースデーケーキの飾りつけする

二組の祖父母の揃ふ誕生会孫を囲めるこの幸続け

冬空に六甲の山の紅葉映え飛行機雲の一筋伸び行く

お隣のベランダに聴くエアコンの音に九十四歳の無事を確かむ

黒猫も飛脚も廊下を走りゐる十二月一日歳暮の配達

がさごそと一夜を箱に音立つる蟹よ今宵は君を料理す

茹でますよと声掛け持てばハサミ振り蟹の小さき目が抵抗す

雪もなく寒くもなきこの歳末の青空仰ぎて父母への挨拶

来年のジグソーパズルのカレンダーのピース嵌めつつ聞く除夜の鐘

除夜の鐘を騒音といふ人のゐる価値観それぞれ違ふといへど

星屑

三本二十円の線香を立て貪欲に健康招福願ふ元日

門松の袴は月桂冠の薦被り酒造りの神様を祀る社の

明けやらぬ空に星屑いくつ見る二十一年前の震災ありし刻

震災のありし日もかく寒かりき駐車場に薄氷張る

熱き珈琲飲まむとガスに火をつける当たり前のごとき平安にゐる

二時間のサスペンスドラマを見てしまふ『字通』が出ると知らせのあれば

あどけなき目に我を見る鬼の面「豆政」の豆の小さきおまけ

ほんのりと文旦の皮の苦味残しジャムは出来たり良き香たたせて

天平の昔を偲ぶよすがとも良弁椿を象（かたど）る菓子は

中国の友を囲める春節の祝ひの席の話題あれこれ

「小袖曽我」は二人舞なり三年生健君コンビの揃ひて舞ひたり

風姿花伝の花を心に求めつつ講座聴きをり齢重ねて

世阿弥の書く二曲三体人形の図の老体になほ花の咲く

中楽を幽玄の世界へ導ける観阿弥世阿弥の見つめゐしもの

本を読み幾度もメモを作り直す「夕去りの茶事」近づく夜を

蹲踞(つくばひ)を使ふかそけき音聞こゆ初座(しょざ)の席入り近づくらしも

躙口(にじりぐち)に立て掛けられたる露地草履一客並べて仰ぐ大空

短檠に灯の灯されて茶室のみ夜の風情となる後座の席

襖一枚隔てて明るき水屋にゐる襖一枚の分ける昼夜

茶室より和める声の聞こえくる薄茶のひととき始まるらしき

戻りくる道具漸く収まりて茶事の水屋のお役終了

母の忌

「感情の赴くままに咲きました」連翹の黄色わが前に揺る

公園のかたへにありて沈丁花ほのかに香る人ゐぬ夕べ

いつの間に十三年の過ぎにしか母に問ひたきことまだ多くあり

棲碧軒の床に懸かれる和歌一首桂宮の宸筆(しんぴつ)なるらし

案の上の木魚の音の響くとき孫ら足踏み拍子とりゐる

比叡の嶺も賀茂の流れもありし日のままに春来る思ひ出秘めて

車窓より背伸びして見る背割りの櫻ときをり建物に視線阻まれ

いちだんと人を集めて「今年の櫻」銘は「牡丹」ぞ淡き紅色

やがて散る今年の櫻咲くうちは晴れがましくあれ見る人あれば

歴史好きの人らの集ふ教室に三千年前の漢字の話

女子学生の参加に殿方優しくなり常より多弁になる勉強会

開架式書棚に並ぶ父の本大きく息をしてゐるごとし

篝火

鬼界が島に独り残さるる俊寛の狂ほしきまでの孤独を思ふ

足鳴らし長刀振りて演じゐる八十三歳熊坂の舞ひ

九十五歳の老女の姿うつしゐて卒塔婆に掛ける小町のありやう

老残の小町も若き少将もあはれひと生（よ）の怨みもて舞ふ

盲目の老いとかつての栄光と交錯させて景清のいま

愛らしき孫娘との共演にしみじみ流るる情愛のあり

平安神宮

能にして能に非ずといふ「翁」舞台に神となりてひたすらに舞ふ

幾千の眼を集め薪能の舞台に神火は松明へうつる

唐衣着つつなれにし昔男篝火に揺らめき恋の舞する

龍神の冠が炎に照らさるる龍女の舞ひて袖振るたびに

同窓会

男の子の中にぽつんとゐる私五十年前の集合写真に

紅顔の美少年もうら若き女教師われも五十年前

中学生のころの面影留めゐてやんちゃ坊主はそのままやんちゃ

カトリックの男子校とふ聖域に過ごせし十年今は懐かし

美しきマリア像なりき学園のシンボルなくなる経営者かはりて

青春のわが十年間の思ひこめ歌ふ校歌や「啓光学園男児」

夏の夕べ

夏の夕べの風は時折音立てて野外の舞台の紙垂（しで）を震はす

春よりの稽古の曲は「合浦（かっぽ）」とぞ野外の舞台に子の仕舞みる

長刀鉾をまづは目指して歩み行く若冲の見送りこの目に見むと

カマキリの運ぶ御神籤いただくと列なす人ら蟷螂山(たうらうやま)に

やさしき色の櫻花添ふる粽なり謡曲「志賀」の黒主山の

秋らしき気配漂ふ空見上ぐ地上の暑さただならぬ日を

エアコンをかけて窓より見る花火音なく空に大きく弾く

難民が一団となり入場す五輪の旗を高々掲げ

メダルとるも逃すも涙この一瞬にかけて練習に励みこし選手ら

恐竜館

有り無しの風に小さき波立てる琵琶湖を見つつ何思ふ子や

恐竜が一緒に映らうとベンチに待つ上の子肩組みカメラに愛想

精巧に作られゐたる恐竜の威嚇する声場内に響く

一日を恐竜とゐてなほ恐竜と遊ぶか帰りのサンダーバードに

昨夜見し寝待の月が朝まだき空に残れり秋の気配の

進行形の仕事のファイル重ね置く傍(かた)へにパズルの本も一冊

わが楽しみ一つ奪ひて台風は東の海に消えてゆきたり

和歌山産の無花果多く出回りてワイン煮作る夜の厨に

語・遊の章

二〇一六年秋――二〇一八年春

父を語る

立命館

青空に衣笠山の緑映えほのぼの眺むる父を語る日

あらすぢのありなしなどはかかはりなく話は途切れず父を語る会

白川静を語る三人それぞれの立場のありて我は娘ぞ

あれもこれもと資料持ち来て鼎談に語り尽くせぬ父の側面

福井

待ち合はせまでのしばしをあたたかき珈琲飲まむこれより多忙

知事と並びテープカットの場に立ちぬ白き手袋耀く鋏

父の書斎復元されたる悦びを謝辞にこめたり没後十年

無造作に帽子も杖も置かれたる写真のままに書斎の復元

東京青山

書家の文字まこと美し凜として力溢るる大書見飽かず

配らるる甲骨金文史記殷本紀資料持ちつつ見る古代文字劇

特別ゲストと紹介されてわが出番白川静の短歌の話

「音なひ」の音にこだはる話きく神と人とを結ぶ音楽

笙の音に篳篥添ひて重々と楽は響けり舞人も出でて

集ひきて夜の宴の席につく乾杯のグラス軽く掲げて

福井

対談といふ大役あれば読みすすむ『沈黙の王』『重耳』また『太公望』

漢字一字にこだはりをもつ作家なりノートとりつつ読む『三国志』

夏・殷・周あたりの話おもしろく宮城谷ワールドに浸りて半年

さすがプロとただ見つめゐるアナウンサーの朗読部分のチェックの確かさ

シナリオは脇に置くまま進む話司会者急に我へふりくる

会場の大きな拍手を聞きながら舞台を下りぬ終はつたとばかりに

立命館中高等学校

一時間の制約あればわが話す「素顔の白川静」も断片となる

折々に強き刺激をわがうちに残して父の九十六年

和み

コスモス園の花は名残の美を見せて武庫川河川敷のひとところ占む

置き石を飛びつつ渡りゆく兄を羨ましげに見てゐる弟

如何しても中洲へ行きたき弟は靴を片手に浅瀬を渡る

怒濤のごとく押し寄せ波立て去つてゆく幼きもののこの破壊力

ユリカモメの飛べば立ち止まる人ありて四条大橋歩みの遅し

甲骨文字にひとこと添へたる言の葉よ色紙一枚に見ゆる優しさ

武士の世の名残を胸に感じつつ貴人もお次もその役になる

御所籠で遊ぶと寄り合ふ友とゐて心解かるるひとときの贅

吉野棚に冬の満月映すさま今年最後のお茶の集ひに

百二十回の勉強会を重ねきて今宵の忘年会に新人二人

京都タワーがクリスマス色に染められて闇を突き抜け夜空に光る

風のなき小春日和を夫と行くいつもの散歩道鴨の声

翔けよ

酉年に期待するものわが裡に秘めて懸けをり漢字暦を

悠然と翼広げて翔けるさまに甲骨文字の鳳を書くべし

去年今年の合間の時雨の置き土産六甲山頂雪の積むらし

年賀状に数多の鳥が羽ばたけりひよこも混りて春の賑はひ

正月気分残せる街にも日常は戻りくるかな福袋消ゆ

機会あらばとメモしてゐたる映画観る美しき呉・広島の里

枯れ枝に実の生るさまに群雀隙間なく身を寄す寒風のなか

いつよりか成人の日の移動して左義長も小正月も影薄くなる

立命館講座

一人では読み得ぬ『甲骨文字論叢』読み解く会に期待して行く

陽明文庫講座

本物は見ることかなはぬ資料ならむ画面に見せて講座終りぬ

予定時間過ぎるほどに熱籠る講義なされて源氏の魅力

男四人雨夜に集ひて女を語るいかに思ひてか作者の式部よ

明石の君とその姫君の別れの場面物語といへどこの切なさや

何による知識に書きしか紫式部瀬戸内の船旅迫力のあり

烈しさを裡に秘めたる静寂の器にあらむ楽家（らくけ）の茶碗

華やげる江戸琳派の絵の世界見終へて出づれば氷雨降る町

花見の絵の屏風に見えし旅簞笥いにしへ人の心豊けく

春の野山

二筋目の糸はきれいに弧を描き舞台にひろがる孫の「土蜘蛛」

見えるはずなけれど山に手を振りぬ子どもら六甲完走に挑む

十五時間余りを歩きて六甲の完全縦走を果たせる孫ら

毎日の散歩は古木の梅までと決めて歩めり蕾ふくらむ

豌豆もそら豆も日々育ちゆく他人の畑といへど楽しき

目的は生麹を買ふことさりながら目移りしつつ昇る参道

少しづつ様変はりする参道の細き石畳の坂のぼりゆく

瓢簞の中の平安楽しめる鉄斎翁の生きのありやう

美味しくなあれと呪文唱へて混ぜあはす塩麹此度もわが手のうちに

待合に春の野山の絵を眺む今より入りゆく茶席の趣向

力強きひと筆に描かれゐる達磨面壁九年春の花散る

忘れてはまた覚えゆく循環の中に埋没する点前のいくつ

揚羽より紋白蝶がよく似合ふ日差しあまねき菜の花畑

車輪出し音響かせて降りて来るつぎつぎの機体や今日進入コース

沿線の櫻の色の淡々と照り返しゐる湖西の山に

昼食むと誘はれて行く足羽山（あすはやま）樹齢三百七十年の櫻の下へ

満開の櫻の下に食む田楽福井の名物とぞ足羽山に来て

幾たびの災ひにあふも立ち上がるフェニックス通りに父の碑はあり

わが背丈はるかに超ゆる霧島ツツジ緋色に囲まれ歩むひととき

咲き盛る八重の櫻の木の下に池を隔ててみる緋の躑躅

祭のころ

武者人形は足をしつかり開くものと孫の飾れば偉ぶる姿

予想以上に悦び下さる折り紙の兜の箸紙また楊枝入れ

玉砂利を踏みて観覧場所定む神事の的の届くあたりに

ひうといふ軽き音立て鏑矢（かぶらや）は朱色の楼門越えて飛びゆく

美しき所作の射弓ぞ神前に浄めの儀式とて今に伝はる

水占（みづうら）といふものすると子ら二人禊（みそぎ）の池に紙を浮かべる

さ緑の芝生蹴散らし駆け抜くる二頭の馬や雄たけびあげて

埒（らち）の内をくるくる桐の花落つる薄紫の色保ちつつ

高く組む竹の櫓に立つ念人扇の色に勝ち負け示す

勝ち名乗りあげて褒美の絹を振る勝者の舞の潑剌として

頓宮の五本の矛が芝生に映え五穀豊穣の神事終りぬ

園児らの可愛いといふ声援に応へて腰輿（およよ）の斎王代の笑み

稚児たちが装束つけて草鞋はき懸命に歩めば拍手湧きゐる

行列の通りすぎたるしばらくを絵巻巻き戻す余韻にゐたり

七つの鉢を重ぬる時が楽しみと精進料理余さず食めり

蟬時雨

鳴きしきる蟬の声にかき消され子らの謡の声聴きとれず

野外の舞台に「加茂」を舞ふ孫いかづちの轟く音のややに控へめ

地謡との掛け合ひ多く初めての所作もあるらし仕舞「嵐山」

「猩々」が初舞台になる下の子の仕舞はらはらとして大人が緊張

白砂に桔梗の花の映ゆる庭式部の旧居に式部を思ふ

今に生きて何を求めむ千年前の源氏の作者に源氏の舞台に

目の前に利休・宗久・宗及のいますがごとく茶会記の話

茶道具も禅僧の名もカタカナに走り書きして講演会のメモ

早朝の散歩の楽しみ一つ増ゆ「あらし」といふ犬ときどき尾を振る

わが頭上にくるとき車輪の納まりて機体は底を見せて飛びゆく

オーボエとイングリッシュホルンの柔らかき音に包まる夢見心地に

舞台の奏者と目があひ軽くうなづきて引き込まれ聴く雙調調子

手を繋ぐを約束として歩み行く宵宵山の昼の鉾町

金色に鷁首(げきしゅ)は輝き黒漆の龍頭は舵となりて船鉾は停泊

占出山は山一番のくじを引く「安産のお守り」の声の大きく

晩秋

一つひとつ手に取り触れたき茶道具のガラスケースにあれば美術品

おのづから紫の上に情重ね読みゐる我らの源氏読む会

猫ゆゑにあらぬ姿を見られしか女三の宮のこの幼さや

集ひきて今日は「若菜」の巻を読む女三の宮も柏木もああ

花も茶も香も禅につながると禅寺に聴く東山文化

本殿に台子（だいす）据ゑられ献茶式の始まるまでの緊張にゐる

淡々と濃茶薄茶を点て終へて儀式終りぬ次期宗匠の

実り田に隣りあはせて無機質の光放てり太陽光パネルは

晩秋の穏しき陽を浴び有岡の城址に櫻葉薄く色づく

初釜に披露せむとて擂鉢につくる練香三角錐に

東京青山

百二十人の定員越えて集ふらし知る顔ふえて白川静会

手書きの文字活き活きとして親しもよまこと「漢字は楽しい」会場

父のため奏でられたる笙の曲思ひ籠りてまなこ閉じ聴く

桐生選手の一歩が紐に示されて足篇の文字つながってゆく

福井

トンネルをぬければ忽ち曇り空西高東低冬型の日は

物静かに話す人なり細やかに調べて小説書く人ならむ

京とれいんに乗りたき願ひ叶ふ日やはやる心に梅田につきぬ

きれいきれいと叫びつつ紅葉拾ふ子にそつとビニール袋下さる人よ

正面から横から金閣眺むる子美しさにただ惚れ惚れとして

瀧昇る鯉が龍になるといふ瀧に打たれて鯉石はあり

出迎への父に話したきこと多く断片ばかりを口にする子や

悼・岩田晋次先生

曲水の宴のうたびとなる君が呼びかけに応へて手を振りゐたり

生駒なる古墳をめぐり歩みつつ即席に歌詠ます忽ち十首

歌は詠むもの打つものではないとパソコン歌を批判されたり

百人一首を臨場感たっぷりに語られしその講義の声耳に懐かし

最期までだだ捏ねの人生おくられしか食することまで拒みて先生

にこやかな写真のわきの勲章も多くの著作もああ生きてこそ

但馬路

入浴も夕食も済ませて二時間半眠れるさまに逝きしか義母は

百二歳の誕生日の写真が遺影となるやさしき笑みをかそか浮かべて

曾祖母の通夜に初めて会ふ子らが曾孫つながりに忽ちとけ合ふ

十二月の風は冷たし遠山の雪を眺めて義母は旅立つ

霧の中に飛びこんでゆく感覚に但馬路を行く義母の法事に

家の前の水路が小川に見ゆるらし速き流れに子ら興奮す

鹿よけの電流通す発電パネル田ごとに見ゆる山峡の村

春鶯囀

伶楽舎雅楽コンサート

山肌に幾多の白き條をもち冠雪の富士雄々しく聳ゆ

諸肩袒(もろかたぬぎ)に舞ふ鶯の囀りの格調高き調べや舞ひや

わが前に奏でられゐる「春鶯囀（しゅんあうでん）」紫女も清女も聴きて愛でしか

龍笛と篳篥（ひちりき）・笙の音混りあひ宇宙の深みに誘はれゆく

求めこし雅楽のＣＤパソコンに聴きつつ作る源氏の資料

大人しき顔をしてゐると絵巻見る生後五十日の薫の君を

暗黙のうちに正客となる我の足元おぼつかな席入りのとき

先日まで軒に揺れゐし手作りの柚餅子(ゆべし)の味よし香りまたよし

満ちたるる心に夕べの道をゆく今日の初釜の余韻をもちて

白梅

目的の寺は近きか鉦の音太鼓の響きに誘はれ行く

セリフなき身振狂言に惹かれゐていつしか舞台に近づきてをり

勧善懲悪のパターンなれども素人の演者の所作のあな面白や

撒かれたる豆一袋受け止めぬ今年の節分神籤は小吉

鉄舟の書を美しと見入りつつ読めぬ自分にいらだちてをり

多羅葉（たらえふ）に書きたる文字のくきやかに黒く残れりハガキの木とぞ

猫とばかり思へる虎が片目開け真向かふ龍をにらむ襖絵

散歩道の梅の古木に一輪の漸く咲きて遅き春来る

この年は梅も櫻も咲き泥(なづ)むのんびりでよしいづれ咲くらむ

勝ち負けを越えて選手ら抱きあふ厳しき競ひを幾たびも経て

誇らしくメダルをかけて帰国する選手らの蔭に泣く人あらむ

五輪ほどの盛り上がりみせよパラリンピック選手の努力は想像以上ぞ

弟の舞の背中を見て謡ふ「合浦(かっぽ)」や兄は地謡つとめ

須磨寺に敦盛の庭を訪ね行く「敦盛」舞ひたき思ひに孫は

母の作りし能人形の敦盛はいきいきとあり若者らしく

満開の白梅見むと散歩する道の辺小さき花も咲きそむ

マンションの河津櫻の濃き紅の花忽ちに満開となる

難波津の咲くやこの花ひと目見む尼崎難波に跡を尋(と)めゆく

五十年

上も見ず下も見ずしてあるがまま生きこし歳月重ねて金婚

それほどの辛艱もなく淡々と五十年の春秋それなりに過ぐ

金婚の意味も重さも知らぬ子よりハートマークの招待状くる

「つけてね」とひとこと添へて金色の缶バッヂ二つ持ち来る孫ら

うらうらと春の陽ざしのあまねくて武庫の河原に出で行く夫と

櫻咲く中を雪降る彼岸の日古都の画廊に友の書を見る

美しき写真にわが歌とけこめる作品三点画廊を彩る

久々の登大路のだらだら坂を急だと思ふ足の弱りて

凌雪氏の顔思ひつつ遺作見る正しく律儀に屛風一双

大きな掌

ときどきは人ら寄り来て見上げをり日米友好の櫻ひともと

若者も子供も無邪気に石放る櫻花咲く嵐山の川に

雨乞ひのあと偲ばせて善女龍王祀る社や池のかたへに

お目当ては羽生結弦の絵馬なるらし晴明神社に中学生ら

白き暖簾(のれん)が無造作にかかる店の前敷居が急に高くなりたり

むかしながらの店の構へや小さき机に古帛紗（こぶくさ）積まれて対面の商ひ

錦通りを漸くぬけて天満宮からくり神籤にしばし遊べり

美しく切り揃ひたる石垣がすらりと濠になだれ落ちゐる

人少なの時待ちうけて廊下渡る鶯張りの声聞くために

それらしき裃つけて人形の武士かしこまる大政奉還の間

小学生男子が自分で茶を点てて美味しいと飲む庭園の茶屋に

簡単な甲冑つけて刀持ちにこやかに孫は被写体となる

「のだふじ巡り」のチラシ片手に巡りゆくかつての野田の藤よ還れと

母の日のプレゼントにすると男子ふたりの指編みマフラー忽ちできる

ハハキギに籍おきてより半世紀わが日常に歌は溶けゐる

父の名を冠せる賞の授賞式に導かれ坐る関係者席に

研究所が常置になるも嬉しくて短かきことばに感謝の心

初公開の写真のあまた披露され『私の白川静』の本なる

逝きてのちもなほ私を支配する父よあなたは大きな掌

あとがき

喜寿の同窓会の案内が届く齢になった。若かりし頃の面影を残しながら、皆年輪を重ねている。最初に勤めた学校の、紅顔の美少年たちがもう定年だという。そして、いつしか、私たちも金婚。

父が逝ってはや十三年。立命館大学の白川静記念東洋文字文化研究所はこの春、常置の研究所になった。大学の図書館には、白川静の部屋が出来、手に取って閲覧できる。系列校の小学校・中学校・高等学校でも、白川文字学が授業に取り込まれ、「白川フォント」は自由に使える古代文字としてネット上に公開されている。父の夢が着実に実現され、ありがたいことだと思う。多くの関係の先生が随分力を注いでくださった。漢字教育士講座も全国的に資格者が増え、各地での活躍も研究所が核になって進められている。福井では白川文字学はますます浸透し、細やかな活動が精力的に行われている。県立図書館の文字学の室はリニューアルオープンし、さらに充実した。京都の志恆会や、東京の白川静会はそれぞれに定期的に勉強会を持ち、多くの著書からの学びの時を持っている。折にふれて、そのような会に参加できることを楽しみにしている。

個人的には『源氏物語』など、古典を読む会を続けている。古典の世界に没入するのは私にはとても楽しいひととき。そして、学ぶ楽しさをこれからも味わいたいと思う。また、友人とのお茶の時間は、ゆったりとお茶を点て、季節の移ろいを感じる豊かなひとときである。乞われて一年間、禅語の講座をしたが、自分のためにも随分勉強になった。

この歌集に登場する上の孫は、今年六年生になった。下の子が四年生。自転車で二十分ほどの近くに住んでいるので、気が向くと遊びに来る。中学生になると忙しくなるから、今のうちに遊んでおきたい。京都や歴史に興味があるのか、せがまれると、夏休みや連休に京都に連れて行く。山登りも、料理も好きな子供たち。三年生から、仕舞の教室に参加、地元の薪能や、発表会が楽しみになった。折しも、カルチャーセンターで世阿弥の講座を受講していたときだったので、能楽への興味が再燃した。

思えば、漢字・古典・謡曲・茶道など、すべて父母の好んだ領域のもの。なんだか、私はその範囲を飛び跳ねているに過ぎないなあと思うようになった。でも、それでいい。ますます父母の大きさを実感して生きていけるから。

この『父の掌』は、三冊の歌集、四冊のミニ歌集に次ぐ八冊目の歌集になった。「相変わらず作文だ」と笑いながらも、「照子に任せたらいい」と父が囁いたので、西川照子さんに此の度の歌集をお任せすることにした。彼女は『別冊太陽・白川静の世界』や『私の白川静』の編集者。父母のことも、私のことも、よく理解して下さっている。これってまた父の掌？

二〇一八年一〇月一日

津崎　史

著作（刊行順）

単行本

『昆陽野』　一九九四年十一月三十日　五二七首
…とりあえずの第一歌集。

『土の笛』　二〇〇〇年五月十日　四八九首
…阪神淡路大震災後五年目の記録、父母の長寿の祝いに。

『六甲残照』　二〇〇六年四月六日　五三一首
…母の三回忌に。

ミニ歌集

「命」　二〇〇七年十月三十日…父の一周忌に。　九七首
「遊」　二〇〇八年十月三十日…父の三回忌に。　九八首
「風」　二〇一〇年四月九日……父生誕百年、母七回忌に。　一〇〇首
「道」　二〇一二年十月三十日…父七回忌、筆者古稀に。　二四二首

『父の掌』　二〇一八年十月三十日　四九九首
…父十三回忌、筆者夫婦金婚、筆者喜寿の「七・五・三」を記念して。

作者略歴

津崎　史（つざき　ふみ）

京都市に生まれる。学生時代は編集の仕事にあこがれていたが、卒業後は、大阪府、兵庫県で教職に就く。のち、父・白川静の著作の校正などを手伝う。

ハハキギ短歌会に属し、『ハハキギ』同人。最近は『源氏物語』や漢字の世界に親しみ、読書会に参加している。

歌集　父の掌

二〇一八年十月三十日　初版第一刷発行

著者　津崎　史
装幀　菊地信義
発行者　西川照子
発行所　エディシオン・アルシーヴ
〒六一四―八一一七　京都府八幡市川口西扇二四―九
電話　〇七五―八七四―一三五九
印刷　創栄図書印刷株式会社
製本　新生製本株式会社
© Fumi Tsuzaki 2018　Printed in Japan
ISBN 978-4-900395-09-1